Mis DE BONNIN DE FRAYSSEIA

CAPITAINE DE VAISSEAU DE RÉSERVE

SENSATIONS NAVALES

EXTRAIT DU *CORRESPONDANT*

PARIS

L. DE SOYE ET FILS, IMPRIMEURS

18, RUE DES FOSSÉS-SAINT-JACQUES, 18

—

1898

Mis DE BONNIN DE FRAYSSEIX

CAPITAINE DE VAISSEAU DE RÉSERVE

SENSATIONS NAVALES

EXTRAIT DU *CORRESPONDANT*

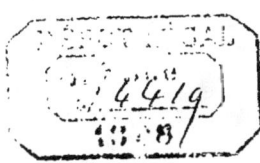

PARIS

L. DE SOYE ET FILS, IMPRIMEURS

18, RUE DES FOSSÉS-SAINT-JACQUES, 18

—

1898

SENSATIONS NAVALES

Il n'est pas douteux que la France entière ait éprouvé une émotion profonde au spectacle de l'anéantissement si rapide de la flotte espagnole. L'entrée en scène de la marine américaine, surgie tout à coup du sein de la nation géante qui l'enfanta dans le silence, fut une surprise analogue à celle que venait de causer à l'Europe l'apparition également soudaine de la marine japonaise. L'une et l'autre, frappant avec audace et rapidité, ont pris place au premier rang des flottes de toutes nations.

Déjà une très glorieuse exhibition navale avait eu lieu dans les eaux de la rade de Spithead. Tous les journaux, toutes les revues d'Europe, avaient publié sur ce sujet leur article à sensation, et dans toute cette floraison littéraire, la fleur qui, bien certainement, pouvait être cueillie les yeux fermés, c'est un souci. Jamais, en effet, pareille démonstration de puissance n'avait été faite en pleine paix, et les cabinets européens, bien qu'avertis depuis dix ans par les détails des budgets et des lancements de navires, n'ont pas laissé d'en être surpris. Cet accroissement, presque subit, d'une force déjà considérable n'a pu être voulu dans l'unique but d'être donné en spectacle, et l'Angleterre sait trop bien ce que valent et le temps et l'argent pour se prêter à ces jeux; le seul amour du sport et de l'ostentation n'amène point de pareils résultats.

Et tout l'ensemble de la force navale de ce grand peuple n'a pas paru à Spithead. Il faut y ajouter, au dehors, non seulement un nombre égal de navires de tout rang, mais aussi et surtout l'aménagement général de l'univers soumis à l'Angleterre en vue de servir sa force navale, ports, dépôts de charbon, câbles sous-marins, enlaçant le globe, comme un filet, et donnant à la planète l'aspect d'une malle cerclée de cordes et prête à être emportée.

Cette seconde part de la puissance maritime anglaise ne pouvait évidemment pas être mise en ligne dans la somptueuse avenue formée par les vaisseaux du Jubilé, et les publications immédiates en ont à peine fait mention. On peut dire cependant qu'elle brillait

malgré son absence et que la France doit s'en préoccuper. Il y a
là un modèle d'organisation générale créé par les plus savantes
combinaisons de la stratégie, que des efforts ont préparé de longue
date et ne cessent de perfectionner de jour en jour. Le programme
est si complet que tout semble prêt pour imposer bientôt une irré-
sistible domination.

Ces sensations agitaient notre esprit, tandis que, tout récem-
ment, nous visitions les ports de l'Amérique du Nord et que nous
y rencontrions l'escadre anglaise à Halifax et l'escadre américaine
à New-York. Cette dernière, surtout, était digne de nous frapper
d'étonnement par sa nouveauté, par l'instantanéité de sa création,
par sa puissance vraiment moderne. La formule américaine, *always
the last mean*, toujours le dernier moyen, cette formule qui est le
secret de l'immense et subit progrès en toutes choses de ce peuple
né d'hier et déjà si grand, cette formule qui répugne tant à nos
mœurs industrielles ankylosées, y apparaissait dans tous ses résultats, et voici qu'un an après, tout à coup, elle a donné la preuve
de sa réelle puissance par l'anéantissement immédiat des forces
navales de l'Espagne dans les deux hémisphères. C'est une surprise qui dépasse en éclat l'exhibition de Spithead et qui fera
peut-être réfléchir notre routine présomptueuse. La marine espagnole était en partie sortie des chantiers français, et sur son billet
de faire-part, nous pourrions paraître au moins parmi les cousins
germains. C'est à bout de forces, sans ravitaillement prévu, qu'elle
est venue périr à Santiago, et le désastre de Manille a porté sur
les modèles les plus anciens des bâtiments de combat, une marine
de bois, d'aspect antique et tombée en désuétude, *obsolete*, comme
disent les journaux américains, des croiseurs de station pareils à
ceux que nous envoyons chez eux porter le pavillon amiral français. Et je le jure, il est très dur de s'entendre traiter d'*obsolete*
quand on est venu précisément pour montrer la gloire de son pays!

L'Amérique du Nord débute à peine dans la guerre navale; sa
guerre civile n'a donné lieu qu'à des combats singuliers; mais
déjà, pendant la Sécession, son génie s'était montré par la création
des monitors qui étaient les bâtiments les mieux appropriés à la
besogne alors accomplie, — toujours *the last mean*. — Maintenant,
son rêve s'est agrandi; elle semble préparer, comme toutes les nations européennes, des escadres d'un modèle nouveau dont elle vient
d'essayer quelques beaux échantillons. Les chantiers de New-York
devenus insuffisants, elle crée à Newport News, dans la rade
d'Hampton, à l'abri de « fortress Monroë », école d'artillerie, un
chantier qui dépasse en grandeur tout ce que nous avons en
France. Plusieurs des ingénieurs sont les élèves des meilleurs des

nôtres, et ils s'en vantent avec un sentiment mêlé d'orgueil et d'affectueuse reconnaissance. Nous ne tarderons pas à connaître la liste des navires qui sortiront de ces ateliers. Déjà aussi les Etats-Unis se préoccupent d'avoir un ravitaillement aux Canaries et aux Philippines, sur les routes d'Europe et de Chine. Et ces points stratégiques, dont ils se sont passés jusqu'à présent, et qu'ils auront gagnés par les succès de la guerre actuelle, seront proprement aménagés. Ces précautions dénotent des projets qui ne se découvrent point encore, mais qu'il faut surveiller avec toute l'attention qu'ils méritent. Quand le voisin fourbit ses armes, que les nôtres soient déjà prêtes !

Quand on cesse de contempler ce spectacle et que l'on reporte les yeux sur ce qui existe en France de navires de guerre prêts pour le combat et de points stratégiques prêts à leur offrir un abri sûr et des ravitaillements, on se demande quel mauvais génie a distrait nos pensées d'une œuvre si importante, si indispensable à notre existence nationale.

Certes, on a beaucoup critiqué notre marine et, ces dernières années, elle peut se vanter de ne pas avoir dormi sur un lit de roses. Elle n'est cependant ni meilleure ni pire, dans ses détails, que celle de nos voisins. Dans son ensemble, on a blâmé la diversité des types de ses bâtiments qui fait de nos escadres comme un rassemblement de monstres de toutes sortes et inspire la crainte qu'ils ne puissent vivre ensemble. Cette diversité prouve à la fois et le travail considérable produit par l'esprit inventif de nos ingénieurs et l'absence parmi eux d'un homme d'une supériorité indiscutable qui eût imposé son unique volonté et créé pour un temps une doctrine, comme avait fait l'illustre Dupuy de Lôme. Mais chaque peuple dirige ses affaires suivant son génie, et le génie de la France moderne est plutôt porté à l'individualisme et à la diversité.

Nous en subissons en toutes choses les conséquences ; comment la marine les éviterait-elle ?

Quant au nombre des bâtiments de guerre trouvé trop restreint, à qui la faute ?

Autour de nous, des nations puissantes consacrent une part énorme de la fortune publique à la préparation de la guerre sur mer. Aucun sacrifice ne semble devoir les arrêter, et tandis que notre ministre de la marine obtient à grand'peine les deniers nécessaires à l'entretien d'une force navale secondaire, le programme d'accroissement de la marine grandit chez nos voisins d'année en année ; ils savent sans doute que l'avenir promet la fortune aux gros bataillons, et, par le passé, savent aussi que la plus longue ligne de bataille devient toujours la ligne enveloppante. Il ne dépend donc que de notre générosité d'avoir une flotte deux fois, cinq fois plus considérable ; c'est une question de millions, et c'est précisément ce dont la France manque le moins.

La préparation stratégique est malheureusement plus en retard encore. — On dirait vraiment que personne n'y a pensé. — Quand on parcourt les possessions anglaises on est partout frappé du soin apporté à cette préparation, et si, près de là, on aborde aux points trop rares qui nous ont été laissés par les traités du dernier siècle, on fait une comparaison douloureuse.

Tout y manque jusqu'à présent, abri sûr, bassins de réparations suffisamment grands, outillage et ravitaillements. Des navires d'un autre âge, dont se contentent nos modestes stations navales, n'y apportent pas l'excitation patriotique et glorieuse que doivent inspirer les représentants militaires d'un grand pays comme le nôtre. Il y a là comme une manifestation de faiblesse que l'étranger constate et qui ne peut échapper à personne. Quel que soit l'état de ses forces, la France a le devoir de ne se présenter devant les étrangers que dans une tenue imposante, et c'est malheureusement ce qui n'a pas lieu. L'opinion publique ignore ces détails ; il est utile de les lui faire connaître, puisqu'elle seule gouverne par l'intermédiaire des Chambres.

Un très remarquable écrivain maritime, qui a passé quinze ans dans le cadre des officiers, et parmi les plus brillants, M. Maurice Loir, qui a fait la guerre de Chine avec Courbet, a proposé la constitution d'une *Ligue navale* pour éclairer l'opinion publique et conduire, par la persuasion, à l'accomplissement d'un programme d'augmentation de nos forces maritimes. Il cite l'exemple des nations voisines chez lesquelles une liberté intelligente est laissée aux officiers pour faire connaître leurs opinions personnelles sur tous les détails qui concernent la marine. Nous avons bien nos Revues spéciales périodiques, mais d'un caractère technique et très peu lues, par conséquent, du grand public. Dans les journaux, ce sont surtout des critiques de détail et des personnalités qui fournissent le texte de quelques rares articles ; ils sont écrits, d'ailleurs, par des polémistes plutôt que par des gens du métier ; l'on peut affirmer qu'ils ont troublé l'opinion plus qu'ils ne l'ont satisfaite, et que, en somme, ils ont fait peu de bien. Ils ont surtout atteint le prestige dont s'entourait le métier de la mer et qui serait un appui si utile aujourd'hui pour obtenir l'élan d'opinion indispensable au succès d'une grande cause.

Enfin, le mal est fait, mais il est loin d'être irrémédiable, et rien n'empêche d'essayer de le réparer. Le plus grand obstacle à l'œuvre de restauration de la marine est l'éloignement dans lequel elle est forcée de vivre par la disposition géographique de ses ports si écartés de la capitale.

Cet éloignement irrémédiable (car qui peut rêver de construire à Paris les cuirassés actuels!) prive nos constructions navales des bénéfices d'une atmosphère industrielle qui pourrait être portée au plus haut degré de la perfection. Exilées dans des villes de quatrième ordre, elles ne vivent guère que d'elles-mêmes, contraintes de peupler d'idées un milieu qui ne peut en fournir d'aucune sorte. Et leurs idées les plus neuves et les plus géniales ne se cachent-elles pas, effarouchées, dès qu'elles s'aperçoivent qu'elles ont osé sortir au grand jour devant un public de province, dans des rues restées *moyen-âgeuses*, où roulent encore les véhicules du dernier siècle? Constatons cependant que, depuis vingt ans, nos ports ont changé, et que l'un d'eux s'est décidé à essayer, sur une cinquantaine de mètres dans la rue principale, une couche d'asphalte pour remplacer ses antiques pavés. Il y a là de quoi stimuler fortement l'esprit inventif de nos ingénieurs et donner le goût du progrès!

Comparons ces centres industriels à New-York construisant sa flotte cuirassée, aidée du bouillonnement de son industrie intense; New-York, dont les entrailles sont en continuelle gestation de nouveau et d'imprévu, et dont l'immensité laisse à toute idée, qui passerait sur la côte de France pour une monstrueuse folie, la liberté de grandir démesurément sans que ses limites semblent disproportionnées. Babel moderne, faite d'audace, d'impatience et de génie, d'où les cuirassés sont sortis de l'onde, comme Vénus en sortit tout à coup et sans effort, et tout aussitôt éblouit l'univers.

Il y a bien longtemps qu'à l'école navale, enfermés pendant deux ans dans les flancs d'un vieux vaisseau que nous ne quittions jamais, jamais un seul jour, nous voyions arriver à bord deux fois, le matin et le soir, la lourde chaloupe qui portait nos professeurs, bonnes gens voués à un professorat sans avenir, tenus à l'écart des facultés réservées à de plus brillants maîtres et n'ayant d'autre licence que celle de rentrer en ville après leurs cours achevés. Certes, ni leur vie modeste dans la ville arriérée, ni leur avenir borné à une retraite assimilée au nombre de leurs galons, n'étaient faits pour stimuler leur zèle et réveiller en eux des dons endormis. Et nous pensions que, de même que tel arbre donne tel fruit, nous vivrions plus tard entourés de choses caduques et surannées, sans recours contre la routine et le conglomérat des vieilles coutumes.

Dupuy de Lôme apparut et nous eûmes, les premiers, la *Gloire*, frégate cuirassée. Mais il fallut pour cela l'esprit supérieur du

marquis de Chasseloup-Laubat qui voulut faire, et l'esprit bien-
veillant de l'Empereur qui laissa faire. Et que de chemin dans cette
même voie depuis trente ans! car la voie est la même; qui la
changera et quel nouveau Dupuy de Lôme viendra nous ouvrir la
voie nouvelle? Voyez-vous d'ici l'éclectique, l'inventeur du monstre
qui dominera le monde, et voyez-vous surtout celui qui le laissera
faire? Aucun conseil n'admettait Dupuy de Lôme, aucun conseil
n'admettra son successeur : or cet homme a créé la flotte japonaise, j'ai presque nommé M. Bertin.

C'est seulement en passant qu'on va visiter nos vaisseaux, animé
tantôt d'un esprit d'enthousiasme si l'on s'en tient à l'aspect de
nos flottes cuirassées, tantôt d'un esprit de critique si l'on est
envoyé pour rechercher ses torts. Il en résulte, au retour, un peu
d'étonnement chez les premiers et de véhémentes polémiques chez
les autres, et le peu de résultats des enquêtes constitue beaucoup
de bruit pour rien.

Personne n'y apprend grand'chose de nouveau, et c'est dommage.
La marine gagnerait à être mieux connue, et son rôle prendrait
toute son importance s'il était mieux compris.

Cette ignorance dans laquelle nous vivons des choses de la mer
est certainement la cause de leur décadence. Le mot peut sembler
gros, il ne l'est qu'à demi s'il est question surtout de la marine de
guerre; il est tout à fait insuffisant s'il s'agit de la marine marchande; celle-ci s'en va, et grand train. Les statistiques le démon-
trent chaque année : mais qui donc lit les statistiques?

Cette décadence provient d'une cause primordiale : la marine est
peu connue. Son rôle n'apparaît bien clairement nulle part dans
l'histoire de notre pays, et si vous feuilletez quelques volumes
d'histoire mis entre les mains de nos enfants, vous n'y verrez
apparaître la marine que dans quelques épisodes rapidement contés
et qui ne sont jamais clairement rattachés au sujet principal. Les
efforts de nos plus grands rois ou ministres pour créer une marine
imposante y sont ordinairement passés sous silence, et dans l'exposé
des résultats de nos guerres heureuses ou malheureuses, il n'est
jamais tenu compte du rôle important ou insuffisant joué par nos
flottes. Aussi nous grandissons dans l'indifférence des choses de la
mer; des hommes politiques en quête d'une plate-forme s'emparent
de la marine et s'en font, sur le tard, un programme de discours
auxquels leur vie entière ne les a point préparés. De là ces critiques vaines, ces programmes vagues et qui semblent exagérés,
quand, au contraire, ils pourraient paraître bien timides au politique qui aurait l'intuition vive du rôle considérable que la marine
est appelée à jouer bientôt. En effet, les mers sont ouvertes à

d'immenses pays absolument neufs et deviennent de plus en plus le véritable terrain de la lutte pour la vie. Les mers sont le chemin durant la paix et l'obstacle durant la guerre. Or la France se sert trop peu du chemin et laisse avec trop d'insouciance grandir l'obstacle. C'est, je le répète, notre ignorance nationale qui en est la cause. Et cette ignorance est de tous les milieux.

On demandait un jour à un des hommes les mieux au courant de l'ensemble de notre état social, s'il lisait les journaux et les revues de la marine. Il se mit à sourire et dit à son interlocuteur : « Lisez-vous le *Journal des Mineurs?* »

Un autre, entendant une conversation fort intéressante sur la marine et qu'il avait écoutée quelque temps sans interrompre, dit tout à coup : « Enfin, à quoi cela peut-il bien servir, la marine, ces escadres, ces cuirassés? »

Le premier paye les yeux fermés, le second préférerait ne rien payer du tout : ils sont légion.

Quant à la marine marchande, elle est plus ignorée encore et, sauf dans quelques ports, on n'entend jamais parler d'elle.

Le commerce maritime est cependant la véritable source de la fortune d'un peuple. C'est par lui qu'il échange son travail avec ses voisins, et trouve un bénéfice immédiat au transport de ses produits. Le commerce d'échange entre les provinces d'un même Etat n'a pour résultat qu'une apparence de richesse de peu de durée, un grand corps ne peut vivre sans aliment pris au dehors; il risque de se consumer bientôt lui-même. D'autre part, la marine de commerce est la pépinière de la marine de guerre, elle entretient pendant la paix les qualités nautiques de la population des côtes, indispensables pour l'usage des vaisseaux. La marine, dans son ensemble, est une armée de paix ou de guerre qui, contrairement à l'armée proprement dite, ne coûte rien à l'État et qui, au contraire, l'enrichit même en temps de guerre si, par sa puissance, elle a pu détruire l'obstacle et préserver le chemin. Aucun sacrifice ne doit donc être épargné pour régénérer les deux marines, et plus le sacrifice aura été considérable, plus les résultats seront profitables.

L'Angleterre le sait sans doute. Après les guerres auxquelles mit fin le traité d'Utrecht, malgré les dépenses énormes consacrées à sa marine, elle retrouvait son commerce accru plutôt que diminué. La Hollande, au contraire, économe et subvenant à peine à l'entretien de ses forces navales, vit son commerce ruiné et sa puissance maritime effacée pour toujours. Sa politique l'avait privée désormais de tout son empire colonial, ce fut le juste châtiment de son avarice.

Plus haut, sous Jacques Ier, ensuite sous Cromwell, puis sous Guillaume III, l'Angleterre n'a pas cessé de tourner ses yeux vers le maintien de sa puissance sur mer. Elle arrête net les tentatives de Pierre le Grand, celles du Danemark et des Pays-Bas.

L'Angleterre se souvient de tout cela; elle sait que Nelson, vainqueur, la sauvait à Trafalgar, tandis que Napoléon abandonnait Boulogne et allait se couvrir de gloire à Austerlitz. Supposez Nelson vaincu, Austerlitz n'avait pas lieu, mais l'Angleterre était perdue et la suite de l'histoire transformée au profit de la France.

Et pendant ces événements militaires, le développement de sa marine marchande allait de concert avec celui de la marine de guerre, la première servant à l'autre d'aliment indispensable en hommes et en argent. La fortune publique s'était accrue pendant ces longues guerres, malgré les dépenses excessives auxquelles la nation était entraînée : la mer libre permettant au commerce de puiser partout, au profit de la nation maîtresse des mers l'or nécessaire à sa défense et au maintien de son pouvoir.

L'histoire ne fait guère ressortir ces choses, et la raison en est bien simple : jamais aucun marin n'a écrit l'histoire.

Et c'est là très probablement la cause de l'ignorance nationale des choses de la mer. Nos historiens n'ont pas eu le sens marin, nos plus grands rois l'ont eu, et l'histoire ne le fait pas assez remarquer.

Saint Louis, qui dirigea contre l'Egypte la plus grande expédition de guerre maritime qui ait peut-être jamais été faite, préparant pendant cinq années et conduisant à Damiette une flotte rassemblée de douze cents vaisseaux; François Ier dans ses guerres contre Charles-Quint; Louis XIV avec Colbert, ont eu le sens marin. Il fut perdu sous Louis XV, mais on le vit renaître avec Choiseul, et sous le règne de Louis XVI, à qui nous devons la plus brillante époque de nos guerres maritimes. La Révolution en détruisit les résultats et anéantit la marine. Le génie de Napoléon Ier ne parvint pas à combler cette lacune et, malgré sa gloire et ses triomphes, qui voyons-nous apparaître dominant désormais les nations modernes? L'Angleterre maîtresse de la mer, héritant de l'immense empire colonial conquis par nos pères, et montrant cette grande vérité que la maîtrise des mers donne la puissance, et que le Trident de Neptune est bien réellement le sceptre du monde.

Mais sans rêver de reconquérir l'univers à tout jamais perdu pour la France, il est indispensable au moins de songer à la défense de son foyer. Toutes les nations voisines ont senti cette obligation d'avoir une marine proportionnée à leurs aspirations vers la puissance suprême. Elles ont créé des flottes cuirassées et mené parallèlement l'organisation d'une marine marchande. Ceux qui n'ont pas le sens marin se demandent avec surprise ce que vont faire, au delà de l'Atlantique, dans des îles sans importance, neuf grands paquebots par mois, portant le pavillon inattendu de telle puissance naguère encore sans grand commerce d'outre-mer!

Aux mêmes relâches, nos lignes subventionnées traversent, rares et sans profit, les mêmes parages, tandis qu'il serait d'un intérêt de premier ordre que la meilleure part de notre population maritime fût à la mer, reprenant la rude vie de ses pères, qui ont été les combattants des Duquesne, des Tourville, des Jean-Bart et des Suffren.

Cette renaissance est-elle difficile? Non, si elle est largement aidée, subventionnée. On criera d'effroi pour la dépense, imitant le Hollandais trop économe. On criera que la marine coûte horriblement cher! Qui donc connaît-on, parmi les simples particuliers épris de la mer, qui se donne le luxe de naviguer sans posséder une très grande fortune? Et ce n'est pas pour étaler son luxe que la France a besoin de naviguer, c'est au contraire pour conserver, pour préserver cette grande fortune. Le passé m'est témoin de ce qu'elle a perdu aux époques où elle a manqué de marine et de ce qu'elle a rapidement regagné à en posséder une supérieure à celle de ses voisins. Citons seulement l'époque du dernier siècle marquée en caractères funèbres par la perte des Indes, du Canada, depuis lors possessions ajoutées à la puissance de l'Angleterre.

« Après nous le déluge! »

C'était en 1761; il suffit, pour tout relever, d'un homme, d'une volonté : Choiseul.

Un historien américain récent, le capitaine de vaisseau Mahan, dont l'œuvre magnifique devrait être mise entre les mains de toute notre jeunesse pour changer en peu d'années l'opinion française sur l'importance des choses de la mer, Mahan, retrace dans des pages émouvantes l'anéantissement de notre marine à la veille de l'époque où elle va donner la main à l'Amérique pour briser ses liens et vaincre l'Angleterre. L'humiliation de la France au traité de Paris de 1763 fut si profonde que le peuple la ressentit avec horreur. Un cri universel proclama la nécessité de restaurer la marine.

Qu'un sentiment analogue s'élève aujourd'hui, — et certes la plaie toujours saignante à l'Est le justifierait pleinement, car ce n'est plus notre propriété lointaine qui nous a été ravie, c'est un de nos bras, — que ce sentiment mêlé de crainte et d'orgueil surgisse tout à coup du cœur si généreux de la nation française, et tout est possible. Nous verrons, comme sous Choiseul, se multiplier rapidement notre puissance maritime. Et ce n'est pas de petits accroissements qu'il faut ici parler, de modifications lentes et d'économies, de petit regain de budget, remettant aux calendes l'éclosion d'une armée navale qui peut être demain une question de vie ou de mort, mais d'un mouvement subit, presque tragique, comme celui qui fit passer alors le nombre de nos vaisseaux de 3, je dis *trois*, à celui de *cent sept* bâtiments portant de 24 à 120 canons!

Choiseul avait trouvé une caisse vide, tant la ruine était implacable. Son génie sut faire affluer les dons patriotiques de tout le pays déjà usé par les guerres. Les villes offrirent des vaisseaux de 120 canons tout armés et qui ne coûtèrent rien au département de la marine que la peine d'aller les recevoir. La France a fait cela, pauvre et épuisée ; qui peut affirmer qu'elle ne le ferait pas encore, qu'elle n'est pas prête à tous les sacrifices nécessaires?

L'Angleterre nous a donné un grand exemple. La France n'est ni moins riche ni moins généreuse que sa voisine aux flottes si colossales. Elle doit prendre garde, encore une fois, de n'avoir pas conquis ses colonies pour elle-même.

Un empire colonial immense se forme de nouveau sous notre pavillon. Souvenons-nous du Canada, de la Louisiane, des Indes de l'est et de l'ouest. Notre marine nous les avait donnés, sa décadence nous les a fait perdre. L'empire de Dupleix passa aux mains de Clive, parce que l'Angleterre était maîtresse de la mer par le nombre de ses vaisseaux et pouvait seule envoyer à son représentant les renforts nécessaires. Toutes les fois que nos yeux se sont détournés de la marine, nos possessions nous ont échappé des mains et sont passées à celles des Anglais. Nous avons ainsi, dans le passé, conquis presque tout l'univers à leur profit; il faudrait bien ne pas recommencer. Mahan a écrit son livre d'histoire pour soutenir cette vérité, que la marine a, dans la plupart des grandes guerres, donné la solution définitive. Il le démontre par les faits, et il démontre surtout qu'une nation qui veut seulement rester maîtresse de ses possessions ne doit compter que sur soi-même et que toute agglomération de forces navales de pavillons différents sous un même commandement n'a jamais été qu'un leurre, et qu'il faut qu'une nation se donne à elle-même le nombre suffisant de vaisseaux pour combattre seule en toute circonstance.

N'est-ce pas là ce que fait l'Angleterre?

Cette condition remplie, celle du nombre des vaisseaux, il reste encore à assurer d'avance la victoire par la préparation des points de ravitaillement et de réparations.

Ce second point, l'Angleterre aussi l'a rempli. Il appartient à ce que nous appelons la stratégie. La stratégie est la muse de la guerre. Elle comprend tout l'ensemble des opérations de terre et de mer et ne les sépare jamais dans ses combinaisons. Elle travaille autant pendant la paix que pendant la guerre; elle sait, au moment où la paix vient à cesser, toute l'œuvre qui va s'accomplir; elle a tout préparé et n'a plus qu'à remettre le reste à Dieu. Elle est de tous les temps et presque toujours semblable à elle-même, comme toutes les immortelles. Celui auquel elle est une fois apparue, à qui elle a parlé, l'a pour toujours comprise; elle lui reste fidèle et ne se donne pas au vulgaire. Comme tous les arts, le sien est un secret pour tout le monde, sauf pour l'élu. Elle lui montre d'avance l'ensemble des opérations de terre et de mer, et ne les sépare jamais dans ses combinaisons. Elle réclame donc un chef unique et consacré. Ses enseignements sont de tous les temps, et les inventions nouvelles ont bouleversé la tactique, l'art des combats, sans rien changer à la stratégie, l'art de la guerre. Les leçons du passé le plus antique sont bonnes encore à lire à l'heure qu'il est, et l'on peut y retrouver clairement le rôle important de la marine dans les résultats.

Dans les guerres Puniques, dès que Rome eut lancé contre Carthage une flotte victorieuse, elle fut assurée de la victoire définitive. En effet, c'est parce que Rome était devenue maîtresse de la mer qu'elle put enfermer Asdrubal dans les Calabres et forcer Annibal à passer les Alpes pour se réunir à lui. Caton et Scipion les vainquirent bientôt l'un et l'autre, et Rome fut sauvée. Scipion vainqueur d'Annibal, n'est-ce pas Wellington arrêtant Napoléon? Et quelles victoires! ce sont les deux vaincus qui sont restés grands, et tout leur génie n'a pu les racheter de l'abandon de la marine! La nôtre avait disparu à Trafalgar, et l'Angleterre, restée souveraine de la mer, était assurée de profiter des succès de son armée.

Les historiens n'ont pas assez fait ressortir ces tableaux frappants qui abondent dans l'histoire des peuples, où l'on devrait lire que la ruine de la marine coïncide toujours avec la fin de leur puissance. La marine est restée chez nous un monde à part, ayant son histoire particulière. Elle n'a jamais eu les grandes voix et les grandes plumes capables de l'expliquer au reste des hommes. Aussi son influence décisive a-t-elle passé inaperçue. Il n'est cependant pas plus absurde de réclamer pour elle cette part d'influence que de l'omettre dans la liste des facteurs du résultat. Et c'est là pourtant ce que font la plupart des historiens. Ils n'accordent aux combats sur mer que quelques pages épisodiques, et s'il s'agit d'un combat naval, il est conté comme une sorte de féerie sanglante, comme un tournoi de chevaliers dont on vante les grands coups et les vaines épopées. Le lien qui les unit à leur patrie s'aperçoit à peine, faute d'entrevoir même les conséquences de leurs victoires. Qui donc éclairera l'esprit public sur l'importance d'avoir une marine très puissante? Qui fera naître cette impatience sans laquelle on n'aboutit pas? Qui nous rendra la marine populaire comme au temps de Choiseul, et fera voter les dépenses nécessaires? En même temps que la *Ligue navale* de M. Loir, on voudrait voir proclamer le Budget Naval, énorme et puissant, comme il le faut pour obtenir la grandeur et la puissance.

Combien la nation n'a-t-elle pas jeté de millions à tant d'autres qui l'ont trompée et qui ne les ont utilisés qu'à s'armer contre nous-mêmes, ou qui les ont dilapidés? A qui en a-t-elle jamais refusé? A quel peuple aux abois? à quel Mercadet éloquent? à quelle tourbe de fonctionnaires inutiles ou stupides? Si généreuse quand il s'agit de l'armée, elle devient défiante et avare dès qu'il s'agit de payer quelques vaisseaux.

Et cependant le souvenir de la dernière guerre devrait la faire réfléchir. Si nous n'avions été les maîtres de la mer et si nous n'avions pu enfermer la flotte allemande dans ses rivières, que fût devenue la côte de France? Que fussent devenus ses ports privés de leur commerce, brûlés sans doute comme Bazeilles et Châteaudun? Que fût devenu le département de la Manche? Conquis sans peine, nous eût-il été rendu?

La nation ne regarde jamais que vers l'Est. Elle paye pour être défendue par terre, pour que sa maison soit close et inviolable, comme si la porte ne restait pas grande ouverte par mer si la flotte est insuffisante!

Or elle est insuffisante. Capable de lutter, même avec succès, je n'en ai jamais douté, contre un nombre égal d'ennemis, elle est dans l'impossibilité de recommencer et laisse la mer libre dès le premier engagement, car il ne faut pas espérer qu'un même cuirassé ira deux fois de suite au feu sans de longues réparations; c'est le sort de toutes les machines compliquées et fragiles, des nôtres comme de celles de l'ennemi.

Il y a donc lieu de construire une flotte nouvelle, très considérable et très coûteuse. Il est aussi très indispensable de s'occuper de la partie stratégique et d'aménager les points les plus importants de nos colonies en vue du ravitaillement de nos flottes pendant une grande guerre.

Et si nous ramenons encore nos regards sur l'histoire, nous remarquerons certainement que toute préparation à la guerre a toujours été l'œuvre d'un seul. Cet homme, qui entend lui parler la muse de la guerre, et qui seul peut penser à tout, à l'armée et à la marine à la fois, comme aux deux bras d'un même corps, ce stratège indispensable et qui doit, au moment des hostilités, n'avoir plus qu'à tout confier à Dieu, tant il aura épuisé à son œuvre toutes les ressources de son art, cet homme est-il désigné? Le connaît-on? Parle-t-on de lui déjà comme du protecteur de la Patrie? Il serait temps peut-être de dire son nom et de lui donner ses pouvoirs.

Car il y a un intérêt majeur à réunir dans une même main le commandement des armées de terre et de mer, et le travail d'organisation stratégique, s'il est destiné à produire une œuvre utile et durable, est un travail qui ne peut se faire qu'en plusieurs années. Or le temps presse; vous l'avez vu à Spithead, nos voisins sont prêts, et si vous alliez par l'univers, de l'un de ses ports à l'autre, vous verriez aussi que tout y est accompli pour la défense.

Il a été question un instant, il y a quelques années, d'un ministère unique de la défense nationale, qui eût réuni dans une même main les deux ministères de la guerre et de la marine. C'est possible, mais à quoi eût-on abouti? A augmenter la confusion, déjà bien assez grande, de nos budgets séparés, sans résoudre en rien la question. Elle est plus haute qu'un ministère, elle est entre le chef de l'Etat et les Chambres, et tout ministre, même à double pouvoir, n'a rien autre chose à faire que d'obéir aux ordres qui lui seront donnés pour accomplir l'œuvre confiée au généralissime des armées de terre et de mer. On a créé des chefs d'état-major généraux dans les deux ministères, mais quels pouvoirs leur a-t-on donnés, puis marchandés, et puis encore retirés? Le généralissime ne peut subir de pareils à-coup sans que son œuvre en souffre. Cette fonction est-elle compatible avec la forme de gouvernement que nous nous sommes donnée, et son rôle ne ressemble-t-il pas un peu trop à celui d'un maître?

Quoi qu'il en soit, le généralissime devrait être au moins prévu, sinon averti d'avance. Et s'il n'est pas un militaire, ce qui ne me paraît pas indispensable, car on peut très bien préparer la guerre sans commander les armées, il effrayera moins l'opinion publique si défiante contre toute apparence de puissance isolée et supérieure.

Le Parlement examinera ces questions, c'est à lui seul de les résoudre.

J'ai cité plusieurs fois l'Angleterre au cours de ces pages; je l'ai fait sans animosité directe contre elle, et seulement parce qu'elle donne un grandiose exemple de préparation à la guerre, et que cet exemple serait bon à suivre. C'est par ses écrivains civils ou militaires, sans cesse acharnés à émouvoir le peuple au sujet de

défense nationale, qu'elle a conduit le Parlement à décider de
l'accomplissement de l'œuvre dont toutes les nations ont été con-
viées à constater une part si considérable. Elle a lieu d'être satisfaite, et ses écrivains, son peuple qui n'a pas marchandé les
milliards à la marine, son Parlement qui les emploie si bien, ont pu
entendre, sans reproche secret, les hurras du Jubilé de la reine
qui leur doit sa grandeur incomparable.

De même l'Amérique, dont la marine vient de se couvrir de
gloire et à laquelle on ne peut refuser des lauriers, quelle que soit
l'appréciation portée sur la politique américaine, l'Amérique a
suivi les leçons de son illustre Mahan, du grand écrivain militaire
qui a dit, après les poètes de tous les temps, que, sans marine, il
n'y a pas de puissance.

La pauvre Espagne avait une marine; mais aucune stratégie
n'avait préparé ses moyens, et, nouvel exemple à ajouter à tous
ceux que fournit l'histoire, elle se meurt de n'avoir pu se servir de
sa marine de guerre.

Ces spectacles sont des avertissements pour nous, et c'est dans
un sentiment d'inquiet patriotisme que j'écris ces lignes pour
l'amour de la France qui a été la passion de toute ma vie.

LE

CORRESPONDANT

RELIGION — PHILOSOPHIE — POLITIQUE

HISTOIRE — SCIENCES — ÉCONOMIE SOCIALE

BEAUX-ARTS — LITTÉRATURE — VOYAGES

SOIXANTE-DIXIÈME ANNÉE

PARAIT LE 10 ET LE 25 DE CHAQUE MOIS

PARIS, DÉPARTEMENTS & ÉTRANGER :

UN AN : **35** FR. — SIX MOIS : **18** FR. — UN NUMÉRO : **2** FR. **50**

ADMINISTRATION ET RÉDACTION

PARIS. — 14, RUE DE L'ABBAYE, 14

www.ingramcontent.com/pod-product-compliance
Lightning Source LLC
Chambersburg PA
CBHW061418170626
46811CB00005B/2027